ティアラ✦クラブ

2

ケティ姫《ひめ》と銀《ぎん》の小《こ》馬《うま》

ヴィヴィアン・フレンチ 著《ちょ》/サラ・ギブ 絵《え》/岡本《おかもと》 浜江《はまえ》 訳《やく》

朔北社

人《じん》物《ぶつ》紹《しょう》介《かい》

ティアラ✦クラブ

2

ケティ姫《ひめ》と銀《ぎん》の小《こ》馬《うま》

りっぱなお姫《ひめ》さまを育《そだ》てる
お姫《ひめ》さま学《がく》園《えん》

学《がく》園《えん》のモットー

りっぱなお姫《ひめ》さまは、つねに自分《じぶん》のことよりほかの人《ひと》のことを考《かんが》え、親切《しんせつ》で、思《おも》いやりがあり、誠実《せいじつ》でなくてはならない。

すべてのお姫《ひめ》さまに次《つぎ》のようなことを教《おし》えます。

たとえば・・・

1 ドラゴンに話《はな》しかける方法《ほうほう》

お姫《ひめ》さまたちには、次《つぎ》のステップに進《すす》むため、ティアラ点《てん》をあたえます。一学年《いちがくねん》で十分《じゅうぶん》なティアラ点《てん》をとったお姫《ひめ》さまたちは、ティアラ・クラブに入会《にゅうかい》することができ、銀《ぎん》のティアラがもらえます。

ティアラ・クラブのお姫《ひめ》さまたちは、次《つぎ》の年《とし》、りっぱなお姫《ひめ》さまたちのとくべつの住《す》まいである「銀《ぎん》の塔《とう》」にむかえられ、より高《たか》いレベルの教育《きょういく》を受《う》けることができます。

2 すてきなダンスドレスのデザインと作《つく》り方《かた》
3 王宮《おうきゅう》パーティ用《よう》の料理《りょうり》
4 まちがった魔法《まほう》を防《ふせ》ぐには
5 ねがいごとをし、それをかしこく使《つか》う方法《ほうほう》
6 空《そら》をとぶような階段《かいだん》の下《お》り方《かた》

クイーン・グロリアナ園長《えんちょう》はいつも園内《えんない》におられ、生徒《せいと》たちの世話《せわ》は妖精《ようせい》のフェアリー寮母《りょうぼ》がします。

客員講師《きゃくいんこうし》と、それぞれのご専門《せんもん》は・・・

- パーシヴァル王《おう》（ドラゴン）
- マチルダ皇太后《こうたいごう》（礼儀作法《れいぎさほう》）
- ヴィクトリア貴夫人《きふじん》（晩《ばん》さん会《かい》）
- ディリア大公爵夫人《だいこうしゃくふじん》（服《ふく》そう）

注意《ちゅうい》

お姫《ひめ》さまたちは少《すく》なくとも次《つぎ》のものをもって入園《にゅうえん》すること。

- ダンスパーティ用《よう》ドレス　二十着《にじゅっちゃく》
（スカートを広《ひろ》げる輪《わ》、ペチコートなども）
- ダンス・シューズ　五足《ごそく》
- ふだんの服《ふく》　十二着《じゅうにちゃく》
- ビロードのスリッパ　三足《さんぞく》
- 乗馬靴《じょうばぐつ》　二足《にそく》
- ロングドレス　七着《ななちゃく》
（ガーデン・パーティなど、とくべつな時《とき》に着《き》るもの）
- マント、マフ、ストール、手袋《てぶくろ》、そのほか必要《ひつよう》とされているアクセサリー
- ティアラ　十二《じゅうに》

Princess Katie

ケティ姫《ひめ》

こんにちは！　お会《あ》いできてうれしい！　あなたがきてくださって、みんな大《おお》よろこびよ。

あら、あたしってばか！　あなたはその「みんな」って、だれだか知《し》らないかもしれないのにね！

みんなっていうのは、ケティ姫《ひめ》（あたしよ）、シャーロット姫《ひめ》、エミリー姫《ひめ》、アリス姫《ひめ》、デイジー姫《ひめ》、ソフィア姫《ひめ》の六人《ろくにん》で、お姫《ひめ》さま学園《がくえん》のバラのお部屋《へや》にいっしょにいるの。そしていまに、ものすごーくすてきなティアラ・クラブに入《はい》るつもり。もちろん、それだけのティアラ点《てん》がとれなきゃ、だめだけどね。

ねえ、パーティのあとで、つかれたことない？　そう、あたしたちは、この学園《がくえん》のすばらしいウェルカム・ダンスパーティに出《で》たの。

そのあとはつかれちゃって、
何日《なんにち》か朝《あさ》おきられないくらいだったわ。

Princess Katie and the Silver Pony by Vivian French
Illustrated by Sarah Gibb

First published by Orchard Books
First published in Great Britain in 2005

Japanese translation rights arranged with
Orchard Books, a division of the Watts Publishing Group Ltd, London
through Tuttle-Mori Agency, Inc., Tokyo

Capter One

第《だい》1章《しょう》

もう朝《あさ》だなんて、信《しん》じられない！　どこかでベルがなりひびいていたけれど、あたしはまくらを頭《あたま》にのっけて目《め》をぴしゃっと、とじていました。
わぁ！　まくらがとられたかと思《おも》うと、アリス姫《ひめ》がそばに立《た》って、あたしをにっこり見《み》おろしていました。
「もうねていてはだめよ」アリスはたのしそうにいいました。

「フェアリー寮母《りょうぼ》さまが、二度《にど》もいらしたのよ、あと十分《じゅっぷん》でお朝食《ちょうしょく》におりて行《い》かないと、あたしたちみんなマイナス・ティアラ点《てん》をもらって、だーれもティアラ・クラブにはいれなくなっちゃうわよ！」

「つかれてるんだもん！」あたしはうめいていいました。

「元気《げんき》、おだしなさいな！」こんどはソフィア姫《ひめ》が、あたしのベッドにぱたんとすわっていいました。

「今日《きょう》は金《きん》ようでしょ。そしてあしたは土《ど》よう……」

「王宮《おうきゅう》パレードの日《ひ》よ！」

シャーロット姫《ひめ》とエミリー姫《ひめ》がいっしょにさけびました。デイジー姫《ひめ》なんか、自分《じぶん》のまくらを上《うえ》にほうりなげて、はしゃいでいます。

「あたしたち、一番《いちばん》りっぱなドレスきるのよね！」なんてさけんで。

あたしはうんうんうめきながら、ベッドからはいだしました。
「あと八分《はっぷん》よ！」
アリスがあたしに注意《ちゅうい》しました。
「いそいでね、ケティ。あたしたちバラのお部屋《へや》は、パーフェクタ姫《ひめ》とあのいやらしい仲間《なかま》に負《ま》けるわけにはいかないでしょ！」

それを聞《き》いて、あたしはいそぎました。そう、びしばし服《ふく》をきがえちゃったの。

パーフェクタ姫《ひめ》って、いつもなんにでも一番《いちばん》になりたがります。とっても、でしゃばりなんだから。

パーフェクタはきょねん、学園《がくえん》にはいったのだから、ほんとなら二年生《にねんせい》。そしてティアラ・クラブにはいってていいは

ずなのに、じゅうぶんティアラ点《てん》がとれなかったのですって！

それで、もういちど、あたしたちと同《おな》じ一年生《いちねんせい》をやらされていて、そのせいで、ああいうへビみたいないじわるになったらしいわ。

まあこれは、アリスがお姉《ねえ》さまから聞《き》いたっていう話《はなし》だけど。

あたしのきがえがおわるとす

ぐ、みんなはお部屋《へや》をとびだして、まがりくねった階段《かいだん》をおりました。でも半分《はんぶん》おりたところで、アリスがきゅうに立《た》ちどまったから、あたしたちはおりかさなってたおれそうになりました。

「見《み》て！」

アリスは息《いき》をのんで、窓《まど》の外《そと》をゆびさしました。

あたしたちも見《み》て、同《おな》じに息《いき》

をのみました。

あたしたちのうちのだれ一人《ひとり》として、まだ見《み》たこともないようなりっぱな馬車《ばしゃ》が、学園《がくえん》の正面《しょうめん》の階段《かいだん》わきに止《と》まっていました。形《かたち》は真珠貝《しんじゅがい》のようで、日《ひ》の光《ひかり》をあびてピカピカ光《ひか》っています。シートはつやつやした白《しろ》いサテンでおおわれ、雪《ゆき》のように白《しろ》い毛皮《けがわ》のしきものがたくさん、つんであります。長《なが》い柄《え》のあいだには、銀《ぎん》のくらと銀《ぎん》のたづなをつけた、六頭《ろくとう》の白黒《しろくろ》まだらの小馬《こうま》がつながれて、首《くび》をふるたび、銀《ぎん》のスズがちりりんとなります。

「魔法《まほう》の馬車《ばしゃ》ね、きっと！」

あたしがつぶやき、みんなでうっとりながめていると、ソフィアがいいました。

「だめよ！　時計《とけい》をごらんなさい！」

あたしたちは、時間《じかん》ぎりぎりでお朝食《ちょうしょく》にすべりこみました。

食堂《しょくどう》は、ほそながい部屋《へや》。かべにはびっくりするほどりっぱで上品《じょうひん》なお姫《ひめ》さまたちの肖像画《しょうぞうが》が、ずらりとかかっています。奥《おく》にある金《きん》の玉座《ぎょくざ》が先生《せんせい》がたのお席《せき》。そしてあたしたちは、長《なが》い木《き》のテーブルの前《まえ》にある木《き》のベンチにすわって、ごくふつうのせとものお皿《さら》で食《た》べるらしいの！

一番先《いちばんさき》にはいったソフィアは、すごくびっくりしたみたいです。

きっとこれまで金《きん》いがいのお皿《さら》で食《た》べたことなんかなかったのでしょう。でもシャーロットは、食《た》べるものの味《あじ》は同《おな》じでしょうよ、といってさわぎませんでした。

あたしたちはおそくついたので、一番《いちばん》はしのテーブルになって、そこにはパーフェクタとフロリーン姫《ひめ》がいました。

「わあ、やあね！」パーフェクタがエミリーとデイジーのくしゃく

しゃの髪《かみ》を見《み》てにやりとしました。

「けさ、あなたたちがなにをおねがいするかわかるわね。ヘアブラシでしょ！」

そしてさいこうにおかしいじょうだんをいったとでもいうように、フロリーンといっしょに、げたげた笑《わら》いました。

「聞《き》こえないふりするのよ！」ソフィアが小声《こごえ》で注意《ちゅうい》したけれ

ど、エミリーは目《め》をぱっちり開《あ》けてパーフェクタを見《み》つめました。そして「なんのこと？　おねがいって」と聞《き》きました。

「なんのことですって？」

パーフェクタは、エミリーがさもばかなことを聞《き》いたというように、両手《りょうて》をひろげて肩《かた》をすくめました。

「じゃあ、知《し》らないってこと？」

パーフェクタは大声《おおごえ》で笑《わら》いまし

た。

「けさは〈おねがいのクラス〉があるじゃないの」それからフロリーンをふりかえって、いじわるっぽくいいました。

「ねえ、クイーン・グロリアナ園長《えんちょう》は、よくもこんなばかな姫《ひめ》たちを、学園《がくえん》にむかえいれたものね！」

Capter Two

第《だい》２章《しょう》

やっとあたしが、お朝食《ちょうしょく》を食《た》べおわりかけたところへ、クイーン・グロリアナ園長《えんちょう》がすーっとはいっていらっしゃいました。

園長先生《えんちょうせんせい》は、とっても背《せ》が高《たか》くて、おしとやか。でもちょっとこわい。なぜなら、あたしたち全員《ぜんいん》を、もうしぶんのない〈りっぱなお姫《ひめ》さま〉にしなくてはと思《おも》っていらっしゃるから。だからときには、とってもきびしくなられます。すぐうしろからフェアリー寮母《りょうぼ》さまがどたどた歩《ある》いてきたので、あたしはすこしほっとしました。フェアリー寮母《りょうぼ》さまは、もうちょっとたのしいかたで妖精《ようせい》なの。学園《がくえん》の寮母《りょうぼ》さまって、いつも、あたしたちみんなを見《み》はっているのです。

「おはよう、私《わたし》の姫《ひめ》たち」

クイーン・グロリアナ園長《えんちょう》がそういって、あたしたちが会釈《えしゃく》するのをまっていらっしゃいました。

あたしは、まあまあうまくやれたけれど、シャーロットはよろよろして、テーブルにつかまってしまいました。そしてバターいれが床《ゆか》にころがり落《お》ちたので、全員《ぜんいん》がふりかえりました。シャーロットはまっ赤《か》になり、パーフェクタとフロリーンは、げらげら笑《わら》いました。

クイーン・グロリアナ園長《えんちょう》は、なにごともなかったように話《はな》しつづけています。

「みなさん、ごぞんじのように、あすは王宮《おうきゅう》パレードの日《ひ》です。そして、今年《ことし》はすこしとくべつのことがあります。私《わたくし》どもの友人《ゆうじん》で、はるか永遠《えいえん》の国《くに》のコンスタンティン王《おう》が、美《うつく》しい馬車《ばしゃ》でご出席《しゅっせき》くださるのです。それで私《わたし》は、今日《きょう》のおわりまでに一番《いちばん》たくさんのティアラ点《てん》をとった姫《ひめ》にパレードを先導《せんどう》してもらうことにきめました！　真珠貝《しんじゅがい》の馬車《ばしゃ》にのっていただきます」

たちまち、わーっというため息《いき》がひろがりました。だって、あのりっぱな馬車《ばしゃ》にのれるなんて、想像《そうぞう》できる？

たん、たん、たん！　フェアリー寮母《りょうぼ》さまがいすをたたきました。

「一年生《いちねんせい》はみんな〈おねがいのクラス〉に行《い》く時間《じかん》ですよ。私《わたし》についていらっしゃい！」

「わお！」アリスがあたしの耳《みみ》もとでささやきました。

「あたしたちもなにかほしいもの、おねがいできるのかしら？」

アリスの目《め》がおどっていました。あたしもなんだかわくわくしてきました。そしてソフィアとエミリーのあとについて、お教室《きょうしつ》へ行《い》く黒《くろ》と白《しろ》の大理石《だいりせき》の長《なが》いろうかにでました。デイジーとシャーロットがすぐうしろにいて、パーフェクタとフロリーンまでついてきます。

「きちんと会釈《えしゃく》ができますようにっておねがいしなくちゃならない子《こ》もいるわよ」

フロリーンがいじわるっぽくいうのを聞《き》きながら、あたしたちはフェアリー寮母《りょうぼ》さまのあと

について行《い》きました。

教室《きょうしつ》はそれほどりっぱではないけれど、きれいな光《ひか》るシャンデリアがついていて、日《ひ》をあびてかがやいていました。四《よっ》つのテーブルはふつうの木《き》で、いすもサテンのようなものはかかっていないけれど、赤《あか》いビロードの、やわらかいクッションがおいてあります。シャーロット、ソフィア、エミリー、デイジー、

アリス、そしてあたしは、なんとかひとつのテーブルをとりました。

ほかのお姫《ひめ》さまたちが、パーフェクタとフロリーンといっしょにすわらないようにしているのを見《み》たときは、くすっと笑《わら》ってしまいました。

「さあ、注意《ちゅうい》してお聞《き》きなさい！」

フェアリー寮母《りょうぼ》さまが大声《おおごえ》でいいました。寮母《りょうぼ》さまって、体《からだ》も大《おお》きいけれど、声《こえ》も大《おお》きいの。

「それぞれおねがいごとはひとつです。ひとつだけ。よく考《かんが》えて書《か》きなさい。いいですか、いちど書《か》いてしまったら、もうかえられませんよ」

寮母《りょうぼ》さまは、ポケットに手《て》をつっこんで、大《おお》きなめざまし時計《どけい》をとりだし、デスクの上《うえ》にばんとおきました。

「五分《ごふん》、あげます。はじめ！」

すぐに、ほかのテーブルからささやき声《ごえ》が聞《き》こえてきました。

フレイア姫《ひめ》が大きな声《こえ》で聞《き》きました。

「あのお、フェアリー寮母《りょうぼ》さま、おねがいは、なにかお姫《ひめ》さまらしいものでなくてはいけないんですか？　それともなんでも自分《じぶん》のほしいものでいいんですか？」

フェアリー寮母《りょうぼ》さまは、なぞめいた顔《かお》でにっこりしました。

「それは、私《わたし》も知《し》りたいところ、あなたがお考《かんが》えなさい」って。

「わあ」フレイアは困《こま》った顔《かお》になりました。

「じゃあ、子《こ》ネコをおねがいしてもいいかしら？」

寮母《りょうぼ》さまは答《こた》えません。パーフェクタが、あらあらしく鼻《はな》をならしました。「わぁ、いやだ！　子《こ》ネコがほしいだなんて！」

ねがいごと

「まったくよ！」フロリーンもいっています。

「ときどき、そういう赤《あか》んぼうっぽい姫《ひめ》っているのよね」

「子《こ》ネコをおねがいしたって、悪《わる》くないと思《おも》うけど」

あたしは、大《おお》きな声《こえ》でいってやりました。もうパーフェクタにはうんざりだったから。

「あたしは……」なにをおねがいしようかと考《かんが》えていると頭《あたま》の中《なか》がくるくるまわりました。そのうち、真珠貝《しんじゅがい》の形《かたち》の馬車《ばしゃ》を思《おも》いだしました。

小馬《こうま》！

とつぜん、頭《あたま》にうかんだのです。馬車《ばしゃ》につながれていた白黒《しろくろ》まだらの小馬《こうま》たちは、かわいかったけれど、なにかものたりない感《かん》じ……そして、どういうのがぴったりか、思《おも》いついてしまいました。

「銀《ぎん》の小馬《こうま》よ！」

「わおーっ！」となりでエミリーが目《め》をかがやかせました。

「それって、すばらしいわ、ケティ！」シャーロットがいいました。

「とてもいいおねがいだわね？」ソフィアとデイジーもため息《いき》まじりでいいました。

「想像《そうぞう》してみない？」アリスがいいました。

「銀《ぎん》の小馬《こうま》。おさとうのかたまり食《た》べたりするかしらね」

「そうね」あたしはゆっくりいいました。

「じつはもっと考《かんが》えてることがあるんだけど……」

「時間《じかん》ですよ！」フェアリー寮母《りょうぼ》さまの大《おお》きな声《こえ》がきこえました。

「これからみんなのねがいごとを集《あつ》めます」

あたしたちは顔《かお》を見《み》あわせました。

「ねえ、あたしたち、どうする？」シャーロットがささやきました。

「あたしたちもみんな、銀《ぎん》の小馬《こうま》にしない？　一頭《いっとう》ずつ」

「それ、それ！」あたしは、すごく大《おお》きな声《こえ》でいってしまいました。パーフェクタが、ぎろっとにらむのが見《み》えたけど気《き》にしない、気《き》にしない。

「六頭《ろくとう》の銀《ぎん》の小馬《こうま》が、真珠貝《しんじゅがい》の馬車《ばしゃ》をひっぱるの！　きっとりっぱよ！」

あたしたちはフェアリー寮母《りょうぼ》さまがテーブルにくる前《まえ》に、ものすごい早《はや》さで、書《か》きました。

Capter Three

第《だい》3章《しょう》

　なんにも、おこりません。魔法《まほう》のけはいもなし。フェアリー寮母《りょうぼ》さまは、自分《じぶん》のデスクにもどって、集《あつ》めた紙《かみ》をめくっています。

「ふむふむ。なかなか、よく考《かんが》えていますね。それでティアラ点《てん》は、と」

　あたしたちは、みんなぴんとすわりなおしました。ティアラ点《てん》？

「そうですよ」

フェアリー寮母《りょうぼ》さまは、ちょっとおかしな笑《わら》いかたでいいました。

「クイーン・グロリアナ園長《えんちょう》から、だれよりもよく考《かんが》え、自分《じぶん》のためでないねがいごとをした姫《ひめ》に、百《ひゃく》ティアラ点《てん》をあげるようにいわれているんですよ」

あたしは目《め》がとびでるかと思《おも》いました。百《ひゃく》ティアラ点《てん》？　それって……
「そのとおり！」フェアリー寮母《りょうぼ》さまには、あたしやほかの姫《ひめ》たち

の考《かんが》えていることがわかったみたい。

「百点《ひゃくてん》をとると、真珠貝《しんじゅがい》の馬車《ばしゃ》にのれます！」

「そんなの、ずるい！」

エグランタイン姫《ひめ》が、まっ赤《か》な顔《かお》になっていいました。この子《こ》は、パーフェクタの仲間《なかま》――パーフェクタがいいっていったときだけだけど。

「ずるい、ずるい！　あたしだって、もし知《し》ってたら、カールした金髪《きんぱつ》なんて、おねがいしなかった！　ずるいよぉ！」

前《まえ》にフェアリー寮母《りょうぼ》さまは大《おお》きいって、いわなかったっけ。それが、エグランタインがそういったとたん、寮母《りょうぼ》さまはもっともっと大《おお》きくなったの！

しかも、ものすごくおっかない顔《かお》になったから、あたしは、テーブル

の下《した》にもぐりこみたいくらいでした。おびえたあまり、動《うご》けなくなっていなかったら。

「エグランタイン姫《ひめ》！」フェアリー寮母《りょうぼ》さまはどなりました。

「マイナスのティアラ点《てん》を二十点《てん》！　いやしくも姫《ひめ》とよばれる子《こ》は、今《いま》あなたのいったようなことを、口《くち》にすべきではありません」

エグランタインは、席《せき》にちぢこまって、小声《こごえ》でいいました。

「ごめんなさい、フェアリー寮母《りょうぼ》さま」

「ははーん！」フェアリー寮母《りょうぼ》さまは、まだこわい顔《かお》だったけれど、もとどおりのサイズになりました。

「みんなにいっておきます。りっぱなお姫《ひめ》さまは、とくにいわれなくても、自分《じぶん》の前《まえ》に、まずほかの人《ひと》のことを考《かんが》えるべきなのです」

あたしはだんだん心配《しんぱい》になってきました。フェアリー寮母《りょうぼ》さまは、あたしたちの書《か》いた銀《ぎん》の小馬《こうま》のことは、どう思《おも》っているんだろう？　これもマイナス・ティアラ点《てん》です、なんて、いわれるかしら？

「さて」フェアリー寮母《りょうぼ》さまは、はっきりいいました。

「優勝者《ゆうしょうしゃ》を発表《はっぴょう》するときがきました。いいですね？」

あたしたちは全員《ぜんいん》、背《せ》すじをのばして、両手《りょうて》をひざの上《うえ》にそろえ、うなずきました。心臓《しんぞう》が、胸《むね》のなかでどくんどくんなっています。あたしが優勝者《ゆうしょうしゃ》になるはずはないとは思《おも》うけれど。

「優勝者《ゆうしょうしゃ》は……」フェアリー寮母《りょうぼ》さまは、わざと大《おお》げさにそこまでいって止《と》めました。

あたしたちは、みんな息《いき》をつめています。

「優勝者《ゆうしょうしゃ》は……パーフェクタ姫《ひめ》！」
長《なが》いこと、だれもなにもいいません。見《み》ると、パーフェクタが、クリームを見《み》つけたネコみたいな顔《かお》で、にっこりしていました。
「パーフェクタ姫《ひめ》、みんなにあなたのねがいごとを、読《よ》んで聞《き》かせなさい」
フェアリー寮母《りょうぼ》さまが、

パーフェクタの紙《かみ》をかえしていいました。

パーフェクタが立《た》ちあがって読《よ》みました。

「あたしのねがいは、すてきな顔《かお》ではなく、正直《しょうじき》な心《こころ》と、完全《かんぜん》なしとやかさ」

まるで歌《うた》でも歌《うた》うような声《こえ》でいっています。あたしのとなりでアリスが、ええっと息《いき》をのみました。

「どうしたの？」あたしは小声《こごえ》で聞《き》きました。

「あの人《ひと》、いけないことした！」アリスが、はきだすようにいいました。

「しずかに！」フェアリー寮母《りょうぼ》さまは大声《おおごえ》でいったけれど、ちょっとへんな感《かん》じです。しかもアリスに、ちらっとウィンクしたのです。

「さあ、みなさん、解散《かいさん》。あなたがたのねがいごとは、大《だい》ホールでかなえられます」

寮母《りょうぼ》さまはいいつづけます。そしてパーフェクタに、にっこり笑《わら》って見《み》せました。

「みんなが、あなたのねがいごとをよかったと思《おも》っているでしょうよ、パーフェクタ姫《ひめ》。いいおねがいができたと思《おも》って、真珠貝《しんじゅがい》の馬車《ばしゃ》をたのしんでいらっしゃい」

あたしたちは、ぞろぞろ教室《きょうしつ》をでました。大《だい》ホールまでの長《なが》いろうかをおぎょうぎよく歩《ある》いたけれど、できるだけ早《はや》くつきたくて、めちゃくちゃがんばっちゃいました。ほんとうに六頭《ろくとう》の銀《ぎん》の小馬《こうま》がまっているかしら？

あたしたちが、はんぶん走《はし》りだすと、アリスが、ばくはつしそうにおこっていいました。

「パーフェクタ姫《ひめ》、いけないわ！　あれは、あたしのお姉《ねえ》さまがきょねん書《か》いたおねがいなのよ！　フェアリー寮母《りょうぼ》さまは、どうしてなにもおっしゃらなかったのかしら？」

あたしは、寮母《りょうぼ》さまの小《ちい》さなウィンクを思《おも》いだしたのでいいました。

「フェアリー寮母《りょうぼ》さまは、たぶんなにか考《かんが》えていらっしゃるわよ」

みんなが、大《だい》ホールの入《い》り口《ぐち》につきました。

するとそこには、びっくりすることがまっていました！

Capter Four

第《だい》4章《しょう》

よくはれた日《ひ》に、お日《ひ》さまの光《ひかり》の中《なか》に金色《きんいろ》のちりがきらきらしてるのって、わかるでしょ？

そう、大《だい》ホールはそういう感《かん》じだったの。ただ、もっときらきらしています。クラスの仲間《なかま》はもうみんなきているらしく、中《なか》を見《み》ると、おおぜいのお姫《ひめ》さまたちが、きれいなダンスドレスでくるくるまわったり、バレリーナみたいにおどったりしていました。

リーザ姫《ひめ》とジェーマイマ姫《ひめ》は、ウグイスみたいに歌《うた》っています。ナンシー姫《ひめ》は竹馬《たけうま》にのってあちこち歩《ある》きまわっていて、フレイア姫《ひめ》は、ふわふわの子《こ》ネコをなでています。信《しん》じられない！ そしてずっとむこうのはしでは、クイーン・グロリアナ園長《えんちょう》が、フェア

リー寮母《りょうぼ》さまやほかの先生《せんせい》がたに、話《はなし》をしていました。

エグランタインと、フロリーンと、パーフェクタは、あたしたちより先《さき》に歩《ある》いてここへきたのです。そして三人《さんにん》は、ドアからはいったとたんに、かわりました！　エグランタインは、とつぜん、ゆたかにカールした長《なが》い金髪《きんぱつ》になり、フロリーンが、それをおしのけて前《まえ》にでると、すぐに目《め》をかがやかせたのがわかりました。

フロリーンは、きゅうにたくさんの光《ひか》るちりにつつまれて、わぁー！　見《み》たこともないようなハイヒールをはいていました。しかもハイヒールには、かがやく宝石《ほうせき》がいっぱいついて……フロリーンは歩《ある》いても、まったくよろよろしません！

次《つぎ》がパーフェクタ。パーフェクタは、はいって行《い》く前《まえ》にあたしたちを

ふりかえって、ものすごくいやみな声《こえ》でいいました。

「ああ、バラのお部屋《へや》さんたち、運《うん》がよければ、あたしが真珠貝《しんじゅがい》の馬車《ばしゃ》から手《て》をふるのが見《み》られるわよ！」

そしてパーフェクタが大《だい》ホールにはいって行《い》くと……なにもおこらないみたいだったけれど、パーフェクタは「わぁっ！」というようなへんな声《こえ》をだして、床《ゆか》にべたっとすわってしまいました。

アリスと、シャーロットと、ソフィアと、エミリーと、デイジーとあたしは、もうびっくりしてしまって、なにがなんだかわかりません。ただみんな息《いき》をふかくすいこんで、大《だい》ホールにかけこみました。

わぁぁぁぁぁ！

六頭《ろくとう》のりっぱな小馬《こうま》が、ホールをかけまわっています。銀《ぎん》のたてがみ

としっぽをふりまわし、高《たか》くいななきながら。
とってもすてきな小馬《こうま》たち。でもフローリーンがきゃーっとさけび、リーザが泣《な》き声《ごえ》をあげました。小馬《こうま》たちが頭《あたま》をふりあげて、かけまわりはじめたからです。
「早《はや》く！」あたしがいいました。

「あの人《ひと》たち、かわいそう！　こわがっているわ。小馬《こうま》をつかまえなくちゃ！」
　でも、ものごとは、いうだけならかんたん……。
　そのとき、あたしにはわかったの。きっと、あなたもだと思《おも》うけれど、小馬《こうま》をつかまえるのに、大《おお》きな音《おと》を立《た》ててかけまわるのは、一番《いちばん》だめなやりかたよね。よくいわれていることだけれど、クラスの仲間《なかま》は知《し》らなかったみたい。フレイアはぴゅーぴゅー口《くち》ぶえをならすし、フロリーンは泣《な》きさけび、ジェーマイマは、小馬《こうま》たちをすみっこに追《お》いたてました。そのあと、ナンシーがドターンと大《おお》きな音《おと》を立《た》てて竹馬《たけうま》から落《お》っこちたので、もうだめ。かわいそうな小馬《こうま》たちは、完全《かんぜん》におかしくなったようでした。どの小馬《こうま》も出口《でぐち》を見《み》つけてあちらこちらにかけまわり、それでどうなったと思《おも》う？

小馬《こうま》たちは、すっかりおどろいているのに、とても注意《ちゅうい》ぶかくて、だれにもぶつからないのです。あちらこちらくるくるねり歩《ある》き、ときには、銀《ぎん》のひづめでつま先立《さきだ》ちしてまわったり、たてがみやしっぽをなびかせて……

「おやめなさい、今《いま》すぐ！」

クイーン・グロリアナ園長《えんちょう》が、おこってさけびました。

みんなが、立《た》ちすくみました。小馬《こうま》たちまでが。まるで、あたしたち全員《ぜんいん》が石《いし》にかわったかのように。大《だい》ホールがしーんとしずまりかえりまし

た。
「だれのせいで、こんなばかげたことになったのです？」
クイーン・グロリアナ園長《えんちょう》の声《こえ》は氷《こおり》のように冷《つめ》たく、あたしはほんとうにおそろしくなりました。今《いま》すぐ床《ゆか》に穴《あな》があいて、あたしをすいこんでくれますようにって、祈《いの》りかけたけれど、いさぎよく白状《はくじょう》しなくちゃならないとも思《おも》いました。ひざがゼリーのようにぶるぶるふるえるのをがまんしながら、あたしはしゃがれ声《ごえ》でいいました。

「わたくしです、園長《えんちょう》先生《せんせい》」

「ケティ姫《ひめ》、あなたには、ほんとうにがっかり

しました」

クイーン・グロリアナ園長《えんちょう》は目《め》をちかちかさせて、ぴしゃりとおっしゃいました。

あたしは頭《あたま》をたれました。

「このような、ひどい状態《じょうたい》をつくってしまうとは……」でもクイーン・グロリアナ園長《えんちょう》はそこまでしかいえませんでした。

パーフェクタがしずかにクイーン・グロリアナ園長《えんちょう》の前《まえ》にすすみでて、ふかく腰《こし》をかがめ、聞《き》いたこともないような、大人《おとな》っぽい話《はな》しかたで、いいはじめたのです。

「お聞《き》きくださいませ、園長先生《えんちょうせんせい》。このあやまちは、計画的《けいかくてき》になされたことではございません。わが友人《ゆうじん》ケティ姫《ひめ》は、人《ひと》に害《がい》をあたえるつもりはまったくございませんでした。学園《がくえん》のためを思《おも》って、おねがいをしたのです。もし園長先生《えんちょうせんせい》のおゆるしがあれば、わたくしから説明《せつめい》させていただきます」

Capter Five

第《だい》5章《しょう》

こんなにおどろいたことはなかったわ。

アリスが、あたしの腕《うで》をつかみました。そして「あの人《ひと》のおねがいのせいよ！　かなったのよ！」と目《め》をかがやかせていいました。

パーフェクタは、あのおかしな大人《おとな》の話《はな》しかたで、しゃべりつづけました。

「園長先生《えんちょうせんせい》もごぞんじのよう

に、わたくしたちは、一人《ひとり》ひとつずつのねがいごとを、書《か》かせていただきました。ケティ姫《ひめ》は、美《うつく》しい真珠貝《しんじゅがい》の馬車《ばしゃ》を見《み》て、白黒《しろくろ》まだら馬《うま》は美《うつく》しくないというか、それほどふさわしくないと悩《なや》んだのでございましょう。それを頭《あたま》においた上《うえ》で、真《しん》によいことをしたいという考《かんが》えから、自分《じぶん》ののぞみはさておき、同《おな》じ部屋《へや》の友《とも》だちにも自分《じぶん》と同《おな》じ気高《けだか》いねがいごとをするようにと考《かんが》え……その結果《けっか》が、ごらんのような、六頭《ろくとう》の魅力的《みりょくてき》な銀《ぎん》の小馬《こうま》だったのでございます」

みんななにもいわず、しーんとなっていました。そのうちだれもかれもが、いっせいにしゃべりだしました。クイーン・グロリアナ園長《えんちょう》が手《て》をあげて止《と》めました。

「ありがとう、パーフェクタ姫《ひめ》。あなたの説明《せつめい》をみとめましょう。ケティ

姫《ひめ》！　あなたとバラのお部屋《へや》の仲間《なかま》は、小馬《こうま》たちを王宮《おうきゅう》のうまやにつれて行《い》きなさい、そして……」

クイーン・グロリアナ園長《えんちょう》はもうにっこりしていました。

「明日《あした》の王宮《おうきゅう》パレードまで、お世話《せわ》をなさい。真珠貝《しんじゅがい》の馬車《ばしゃ》は、おそらく、たいへんりっぱになることでしょう」

あたしは、これまでしたことがないくらい、ていねいな会釈《えしゃく》をしました。

「ありがとうございます、園長先生《えんちょうせんせい》」

あたしがそういって、みんなで、小馬《こうま》のほうへ行《い》きかけると（小馬《こうま》たちは、まるで銀《ぎん》のおきもののように、しずかにしています）パーフェクタが、正直《しょうじき》いって、ものすごくへんな声《こえ》をだしました。自分《じぶん》では止《と》めようとしているのに、どうしてもいわなくてはならないとでもいうような、しめつけられたキイキイ声《ごえ》です。

「園長先生《えんちょうせんせい》」

パーフェクタは、いいました……というより、のどをならしました。

「もうひとつ申《もう》しあげねばならないことがございます。わたくしは正直《しょうじき》な心《こころ》をもったのですから」

パーフェクタは、そこでつばをごくりとのみました。

「園長先生《えんちょうせんせい》、それから仲間《なかま》のお姫《ひめ》さまがた、わたくしはおそろしいことを白状《はくじょう》しなければなりません。わたくしは、ねがいごとがどんなにだいじなことかを知《し》っていました。それで……」

パーフェクタはそこで暗《くら》い顔《かお》になり、一言《ひとこと》いうたびに息《いき》

がつまりそうになりました。

「……きょねん優勝《ゆうしょう》した生徒《せいと》のものをぬすみました。ですからわたくしは、もちろん百《ひゃく》ティアラ点《てん》をいただく資格《しかく》もなければ、真珠貝《しんじゅがい》の馬車《ばしゃ》にのる資格《しかく》もございません。クイーンであらせられる園長先生《えんちょうせんせい》、つつしんで申《もう》しあげます。ケティ姫《ひめ》とそのお友《とも》だちに、わたくしのかわりになってもらってくださいませ」

「よくいってくれました、パーフェクタ姫《ひめ》」

クイーン・グロリアナ園長《えんちょう》がしずかにおっしゃいました。

「そのようにいたしましょう」

そのあとパーフェクタは、わっと、滝《たき》のような涙《なみだ》をながして泣《な》き、大《だい》ホールをかけでて行《い》きました。

＊＊＊

あたしたちは、その日《ひ》の午後《ごご》と夕方《ゆうがた》ぜんぶを、銀《ぎん》の小馬《こうま》の世話《せわ》にあてでよいことになりました。けっきょく、このさわぎのおかげで、授業《じゅぎょう》はでなくてもいいことになったのです。フェアリー寮母《りょうぼ》さまは、大《だい》ホールの木《き》の床《ゆか》にちょっとした魔法《まほう》をかけなくちゃといいました。六頭《ろくとう》の元気《げんき》な小馬《こうま》がよごしたからって。でもちっともおこったお顔《かお》ではありませんでした。

寮母《りょうぼ》さまはあたしたちに、おねがいは二十四時間《にじゅうよじかん》しかつづかないのを知《し》っていますね、ともいいました。

「えっ、まさか！　それじゃあ、銀《ぎん》の小馬《こうま》たちはパレードの前《まえ》に消《き》えちゃうってことですか？」あたしが聞《き》きました。

フェアリー寮母《りょうぼ》さまは、くすっと笑《わら》っていいました。

「まあなんとか、のばしてみましょう。でも今回《こんかい》かぎりですよ。クイーン・グロリアナ園長《えんちょう》が、あなたのおねがいは正《ただ》しい、と思《おも》われましたからね、ケティ。真珠貝《しんじゅがい》の馬車《ばしゃ》はきっとすばらしく見《み》えるでしょう。でもパレードがおわれば、小馬《こうま》も消《き》えるのです」

寮母《りょうぼ》さまはあたしたちのうかない顔《かお》を見《み》て、首《くび》をふりました。

「元気《げんき》をだして！　あなたたちは全員《ぜんいん》、百《ひゃく》ティアラ点《てん》をもらったんですよ。そして、あわれな白黒《しろくろ》まだらの小馬《こうま》たちのこともお考《かんが》えなさい。パレードにださせてもらえないんですから。きっとだれかにそっとなぐさめてもらって、リンゴのひとかけでももらいたいと思《おも》っていますよ！」

それを聞《き》くと、あたしたちはいやな気分《きぶん》になりました。それでさっそく、うまやにかけつけると、まだらの小馬《こうま》たちはとってもかわいい……そう、正直《しょうじき》にいって、銀《ぎん》の小馬《こうま》たちよりかわいいくらいです。なぜって本物《ほんもの》だから。銀《ぎん》の小馬《こうま》たちはどれもそっくり同《おな》じで、あたしたちには、どれがどれだか見《み》わけがつきません。

でも銀《ぎん》の小馬《こうま》たちが、次《つぎ》の日《ひ》、とことこ走《はし》ってあたしたちを王宮《おうきゅう》パレードにむかえにきたときには、ほんとうに豪華《ごうか》でした。あたしたちはそろって真珠貝《しんじゅがい》の馬車《ばしゃ》にとびのりました。

Capter Six

第《だい》6章《しょう》

王宮《おうきゅう》パレードはどんなだったかって？

それはもう、夢《ゆめ》のようだったわ。

パーフェクタ姫《ひめ》はまだ正直《しょうじき》な心《こころ》と、完全《かんぜん》なしとやかさのままでいたので、あたしたちの髪《かみ》をなおしてあげるなんていいました。信《しん》じられない！

あたしの髪《かみ》をとってもお姫《ひめ》さまっぽくしてくれました。自分《じぶん》のもっていた光《ひか》る星《ほし》の髪《かみ》どめを、とめてくれて、それはそれは、すてきになりました！　うまくいきますようにって祈《いの》ってくれたり……そのあとどうなったか、あなたにはは想像《そうぞう》つかないと思《おも》うわ。このあたしが、パーフェクタをかわいそうに思《おも》っちゃったなんて！

つい「よかったら、あたしたちといっしょに、真珠貝《しんじゅがい》の馬車《ばしゃ》にのらない？」なんて聞《き》いちゃったの。パーフェクタは、上品《じょうひん》な笑顔《えがお》を見《み》せて、へんに大人《おとな》っぽい声《こえ》で答《こた》えました。

「あなたは、真《しん》のお姫《ひめ》さまですわ、ケティ姫《ひめ》。でもその寛大《かんだい》なお申《もう》し出《で》はご辞退《じたい》いたします」だって。

それで、アリス、エミリー、シャーロット、ソフィア、デイジー、そしてあたし、の六人《ろくにん》が、白《しろ》いサテンのクッションにすわり、雪《ゆき》のように白《しろ》い毛皮《けがわ》をひざにかけ、真珠貝《しんじゅがい》の馬車《ばしゃ》でゆられて行《い》ったのです。

王宮《おうきゅう》の前《まえ》の道《みち》を走《はし》って、それから町《まち》へ……何千人《なんぜんにん》もの人《ひと》びとがあつまっていて、にぎやかに手《て》をふりました！

あたしたちも、手《て》をふりかえしては、にっこりしました。あんまりにっ

こりしたので、顔《かお》がいたくなるほどでした。そしてお姫《ひめ》さま学園《がくえん》にもどったときは、ほんとうにつかれていました。

「ふうー！」アリスがいって、あたしたちは、ドレスのすそをふまないよう、とても気《き》をつけながら、真珠貝《しんじゅがい》の馬車《ばしゃ》をおりました。
「たのしかったぁ！」

そのとき……

「わぁぁぁ！！！」

六頭《ろくとう》の銀《ぎん》の小馬《こうま》が消《き》えました。

＊＊＊

そのあと、あたしたちは、どうしたと思《おも》う？

そう、あたしたちは絹《きぬ》と、サテンと、ビロードのガウンをぬいで、きがえてから走《はし》ってうまやへ行《い》き、白黒《しろくろ》まだらの小馬《こうま》たちに、パレードのことをなにからなにまで話《はな》してあげました。

一番小《いちばんちい》さい小馬《こうま》のピップが、もっとリンゴをほしがって、やわらかいほおひげのある鼻《はな》を、あたしの手《て》のひらにすりよせてきたので、あたしは世界一《せかいいち》しあわせなお姫《ひめ》さまになった気分《きぶん》でした。

あたしは百点《ひゃくてん》もよぶんのティアラ点《てん》をいただいたし、小馬《こうま》のペットももてたし、なんといってもすごいのは、お姫《ひめ》さまとして考《かんが》えられないような、六人《ろくにん》ものいいお友《とも》だちができたこと……ソフィアと、シャーロットと、デイジーと、エミリーと、アリス……そしてあなたよ！

次回《じかい》のお話《はなし》は……

「デイジー姫《ひめ》とびっくりドラゴン」

こんにちは！　わたし、きちんとごあいさつしたかったの。「はじめまして、お姫《ひめ》さま」っていったらいいかしら？　でもそれじゃあ、あんまり親《した》しい感《かん》じじゃないわね。わたし、あなたと仲《なか》よしになりたいの。だって、お姫《ひめ》さま学園《がくえん》の同級生《どうきゅうせい》ですものね？

あ、いけない！　はじめにいうの、わすれた。わたしはデイジーよ。
デイジー姫《ひめ》。あなたはもう、わたしのお友《とも》だちにお会《あ》いになって？
シャーロット姫《ひめ》、ケティ姫《ひめ》、アリス姫《ひめ》、エミリー姫《ひめ》、ソフィア姫《ひめ》に。
みんなりっぱなお姫《ひめ》さまになろうとして、勉強《べんきょう》して
いるの。あなたやわたしと同《おな》じにね。たいていのと
きは楽《たの》しいわ。でもパーフェクタ姫《ひめ》は、いやな人《ひと》。
あの人《ひと》が同《おな》じ「バラのお部屋《へや》」でなくてほんとうに
よかったわ。
とってもこわいんですもの！

……また次《つぎ》のお話《はなし》でお会《あ》いしましょうね！

著者

ヴィヴィアン・フレンチ
Vivian French

英国の作家。イングランド南西部ブリストルとスコットランドのエディンバラに愛猫ルイスと住む。子どものころは長距離大型トラックの運転手になりたかったが、4人の娘を育てる間20年以上も子どもの学校、コミュニティ・センター、劇場などで読み聞かせや脚本、劇作にたずさわった。作家として最初の本が出たのは1990年、以来たくさんの作品を書いている。

訳者

岡本 浜江
おかもと・はまえ

東京に生まれる。東京女子大学卒業後、共同通信記者生活を経て、翻訳家に。「修道士カドフェル・シリーズ」（光文社）など大人向け作品の他、「ガラスの家族」（偕成社）、「星をまく人」（ポプラ社）「両親をしつけよう！」（文研出版）、「うら庭のエンジェル」シリーズ（朔北社）など子供向け訳書多数。第42回児童文化功労賞受賞、日本児童文芸家協会顧問、JBBY会員。

画家

サラ・ギブ
Sarah Gibb

英国ロンドン在住の若手イラストレーター。外科医の娘でバレーダンサーにあこがれたが、劇場への興味が仕事で花開き、ファッションとインテリアに凝ったイラスト作品が認められるようになった。ユーモア感覚も持ち味。夫はデザイン・コンサルタント。作品に、しかけ絵本「ちいさなバレリーナ」「けっこんしきのしょうたいじょう」（大日本絵画）がある。

ティアラクラブ②
ケティ姫《ひめ》と銀《ぎん》の小馬《こうま》

2007年6月15日　第1刷発行
著／ヴィヴィアン・フレンチ
訳／岡本浜江　translation © 2007 Hamae Okamoto
絵／サラ・ギブ

装丁、本文デザイン／カワイユキ
発行人／宮本功
発行所／朔北社《さくほくしゃ》
〒101-0065　東京都千代田区西神田 2-4-1 東方学会本館 31号
tel. 03-3263-0122　fax. 03-3263-0156
http://www.sakuhokusha.co.jp
振替 00140-4-567316

印刷・製本／中央精版印刷株式会社
落丁・乱丁本はお取りかえします。
82ページ　130mm×188mm
Printed in Japan ISBN978-4-86085-054-8 C8397